閱讀123

國家圖書館出版品預行編目資料

小兒子. 2, 土匪窩裡的老大/ 駱以軍原著；
王文華改寫；李小逸插畫. -- 第一版. --
臺北市：親子天下, 2020.09
145面；14.8×21公分注音版
ISBN 978-957-503-646-1(平裝)
863.596　　109009554

小兒子❷ 土匪窩裡的老大

改寫｜王文華
插畫｜李小逸

原著｜駱以軍
轉譯主創、動畫監製、動畫編劇主創｜蘇麗媚
動畫導演、動畫編劇｜史明輝
本作品由 夢田影像 授權改編

責任編輯｜陳毓書
特約編輯｜廖之瑋
美術設計｜林子晴
行銷企劃｜吳函臻

天下雜誌群創辦人｜殷允芃
董事長兼執行長｜何琦瑜
媒體暨產品事業群
總經理｜游玉雪
副總經理｜林彥傑
總編輯｜林欣靜
行銷總監｜林育菁
副總監｜蔡忠琦
版權主任｜何晨瑋、黃微真

出版者｜親子天下股份有限公司
地址｜台北市 104 建國北路一段 96 號 4 樓
電話｜（02）2509-2800　傳真｜（02）2509-2462
網址｜www.parenting.com.tw
讀者服務專線｜（02）2662-0332　週一～週五：09:00~17:30
傳真｜（02）2662-6048　客服信箱｜parenting@cw.com.tw
法律顧問｜台英國際商務法律事務所・羅明通律師
製版印刷｜中原造像股份有限公司
總經銷｜大和圖書有限公司　電話：（02）8990-2588

出版日期｜2020 年 9 月第一版第一次印行
2024 年 5 月第一版第六次印行
定價｜300 元
書號｜BKKCD146P
ISBN｜978-957-503-646-1（平裝）

訂購服務
親子天下 Shopping｜shopping.parenting.com.tw
海外・大量訂購｜parenting@cw.com.tw
書香花園｜台北市建國北路二段 6 巷 11 號　電話（02）2506-1635
劃撥帳號｜50331356　親子天下股份有限公司

小兒子 2

土匪窩裡的老大

改寫 王文華　插畫 李小逸　原作 駱以軍　角色設定 夢田文創

目錄

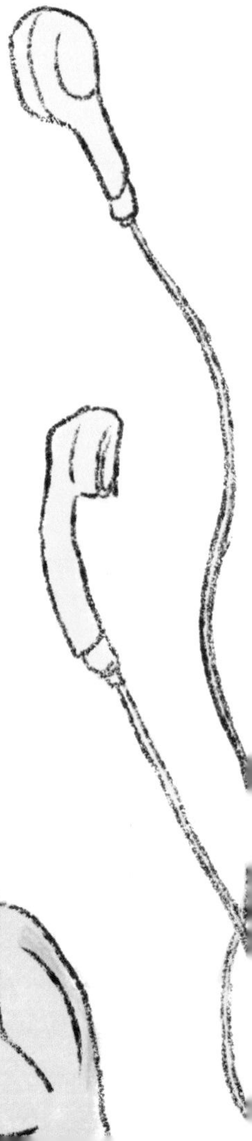

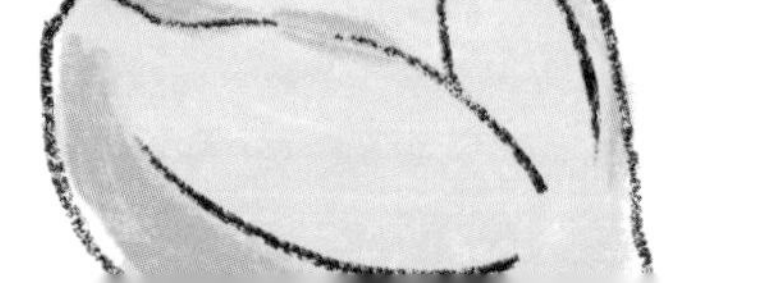

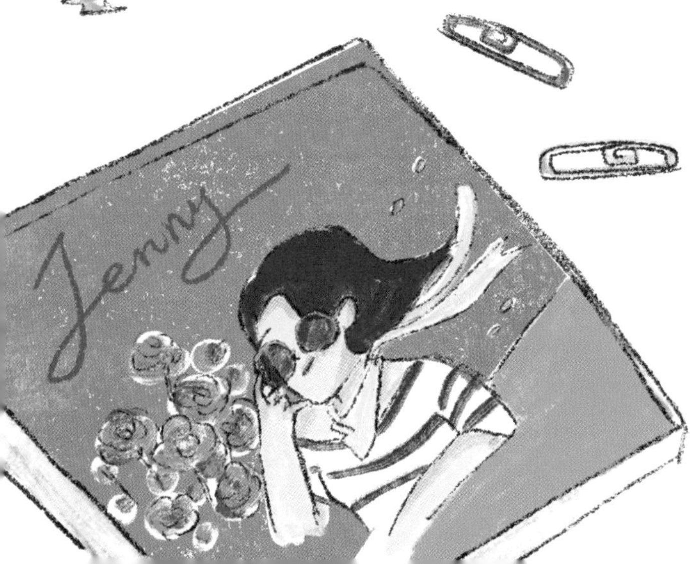
Jenny

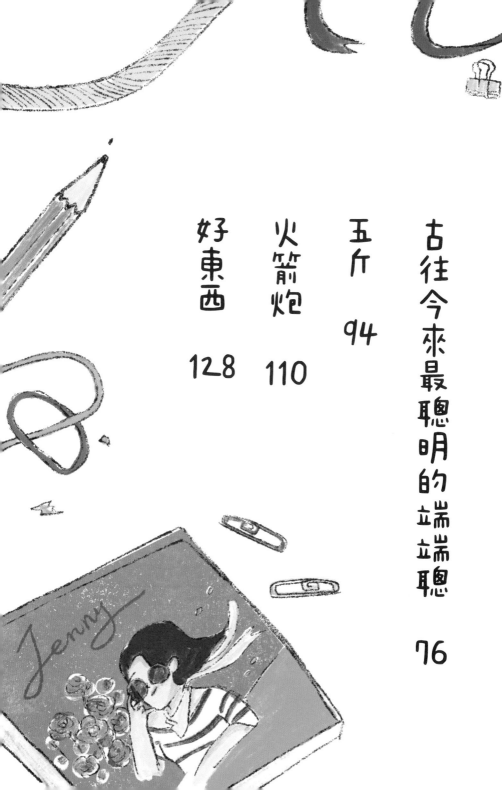

〖全國小學生〗
我愛我家攝影大賽
獎金優渥
公布欄
〖全國小學生〗
我愛我家攝影大賽
獎金優渥
喀擦
喀擦
喀擦
找到啦！
一棵樹
一座山
這是什麼
亂九十糟？

怎麼會呢？
這是辛苦的爸爸在休息。
但是你拍的比亂七八糟還糟啊！
爸爸用錯成語，是亂七八糟。
醜化！
垃圾不能代表我們家！
惡意中傷
絕不承認
抗議！
汪！
節儉哥哥阿白的鞋子。
快樂端端在公園裡跑。
還有牙齒最美麗的媽媽在剔牙。
這也是我們一家人？
對啊，我們一家人都在裡頭啊！
我該怎麼辦？
阿甯咕的創意十足，角度獨特，讓大家深受啓發，但是作品距離甜蜜的家庭比到美國還遙遠……
變身！
就等你這句話啊！
我重拍，
行了吧？
該怎麼拌就怎麼拌，最好自己看著拌。
好吃拌麵

來買地瓜球哦！

「好吃地瓜球，太慢就沒有！」

「好吃地瓜球，太慢就沒有！」

經過菜市場，阿甯咕被地瓜球叔叔喚住：「好吃地瓜球，不買就沒有，小弟弟，再慢一點就賣完了！」地瓜球叔叔拿了一顆請他吃：「弟弟，要買多少？」

「等他們來！」阿甯咕說。

爸爸和奶奶也來了，爸爸拿了一顆地瓜球請奶奶，再放一顆進自己嘴裡。

「走吧！」奶奶吃完了。

「好啊！」大家說。

「好吃的地瓜球，現在不買，等一下就沒有了。」地瓜球叔叔說。

「下次！」爸爸說。

「下次！」阿甯咕蹦蹦跳跳跑到下一攤，那是紅豆餅爺爺！

躲在人群裡的阿白衝過來：「你們這樣很沒品耶，光試吃，又不買。」

阿甯咕掰一半紅豆餅給阿白：「沒有不買啊，爸爸

說下回再買，現在先買魚。」

買魚是大事，他們回奶奶家時，奶奶就會來買魚。

「你們曾爺爺愛吃白帶魚。」奶奶說，魚販抓起一條白帶魚。

「可惜曾爺爺在天上當神仙了。」阿甯咕說完，魚販把魚放下。

「你們爺爺愛吃小黃魚。」奶奶說完，魚販急忙遞來一籃小黃魚。

「可惜爺爺也在天上當神仙了。」阿甯咕說完，小黃魚又

被放回攤子上。

「你們爸爸愛吃白鯧。」奶奶一邊笑一邊說，這時魚販同情的看著他們。

奶奶把白鯧放進菜籃裡：「今天中午炸白鯧，你們去北京就吃不到這麼好的白鯧了。」

再過兩天，阿甯咕他們要跟爸爸去北京。今天，奶奶準備做一桌好菜。

去北京要坐飛機，阿甯咕記得：「奶奶，爸爸說妳小時候搭過飛機？」

「那是很小的飛機，只在臺北上頭繞一圈。」

「爸爸說你考了全校第一名，只有第一名才能搭飛

機嗎？」

「是啊，是啊。」奶奶瞇著眼笑。

爸爸說過，奶奶小時候住在大龍峒，那時家裡窮，她是一個總鋪師的養女，總鋪師沒什麼錢，她雖然考第一名，還是沒辦法往上讀，幸好她們老師替她求情，她晚上再去學校當工友，最後才能讀書，而且，還是繼續保持全校第一名。

「第一名就能搭飛機哦？」阿甯咕問。

奶奶點點頭：「那一年的市長決定的。」

「是飛到哪裡？」阿白湊過來問。

「哪裡也沒去，就在臺北的上空繞一圈。」

「只在臺北上面繞一圈？」

奶奶笑著說：「雖然只繞一圈，我卻高興了快一個月，看著雲和屋子在腳

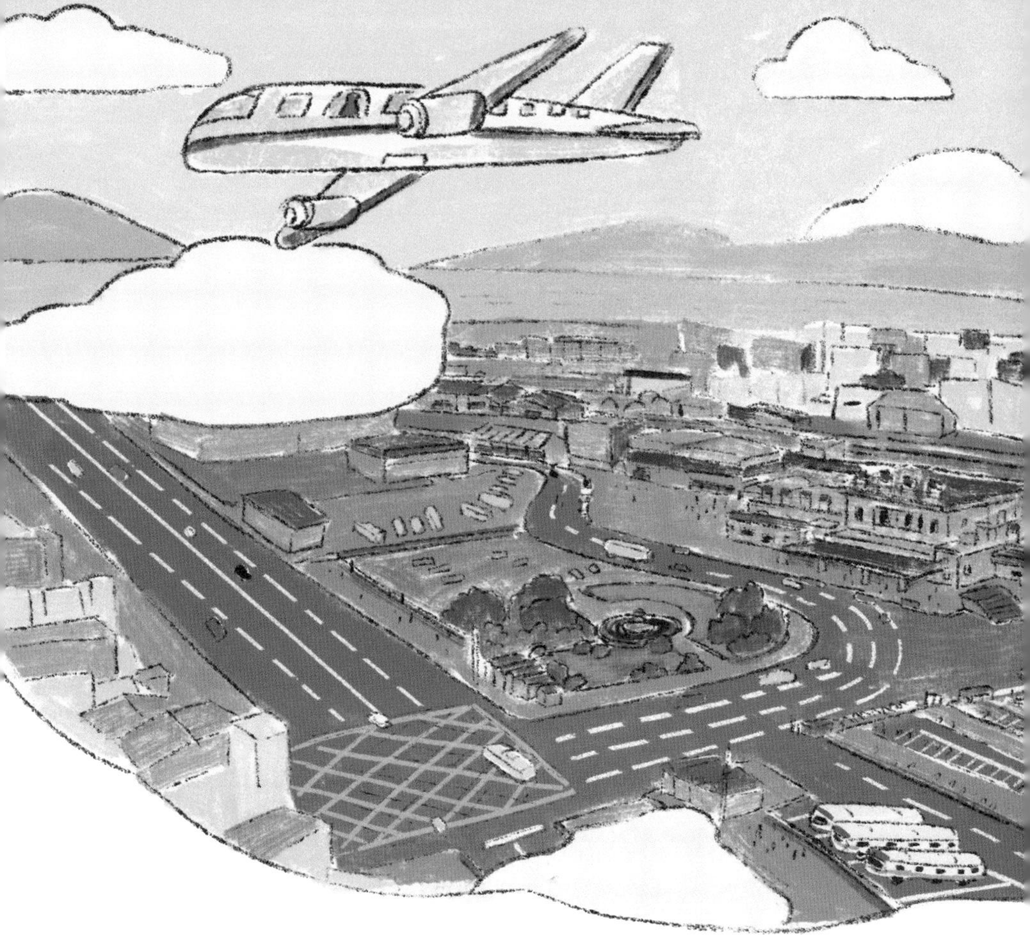

下，就覺得很不真實，像在做夢一樣。」

「全部的第一名都去搭飛機，簡直像是冠軍隊在遊行耶。」

爸爸問：「阿甯咕，你從奶奶的故事裡學到什麼？」

「學到什麼？」

「就是有什麼值得你學習和效法的地方啊。」

「有啊，有啊，白鯧很好吃。」

爸爸捏著他的脖子：「就光想吃？奶奶這故事如此勵志，一個困苦人家小女孩，因為努力讀書成為第一名，最後搭上飛機……」

「對耶，真的好勵志。」

機票

「所以……」阿甯咕看看爸爸，爸爸正一臉期待的看著他。

「所以那個市長太小氣了，只讓大家繞一圈。」

爸爸嘆了口氣，再提醒他：「你想想……窮女孩考第一名……」

「我知道了。」

爸爸揉揉他的頭：「終於想到了啊？」

「對啊，」阿甯咕說：「爸爸，奶奶說你小時候都

考最後一名，那時的市長有沒有把你們集合起來？」

爸爸臉紅了，聲音粗了：「你這小子，是怎樣，考最後一名有什麼不可以嗎？難道還要把我們送去集中營啊？」

「爸爸，你不要老羞成怒嘛，今天奶奶有買你最愛的白鯧哦！」

「什麼老羞成怒，亂用成語，你別跑啊……」

回家的路上，他們坐上一臺沒有冷氣的公車。

奶奶把車窗全推開，都市的熱風熱呼呼的吹在臉上，奶奶卻只是專心的望著窗外，看著經過的街道、紅綠燈、招牌……

阿甯咕本來想跟她說，那有什麼好看的。

但是，那一刻，奶奶回頭朝他笑了笑，她笑得那麼甜，那麼開心，好像一個剛看到什麼有趣事物的小女孩，正招著手，盼他跟去看一看。

「當年，奶奶搭飛機時，是不是就這樣望著呢？」

全國小學生
我愛我家攝影大賽
我的奶奶
註：看起來比較優雅的那個！
奶奶小時候就曾搭過飛機哦！

萬里長城在維修

照相機帶了。
黃色小水鴨帶了。
昨天剛撿的小石頭帶了。
樓下何奶奶幫忙照顧端端了。
萬事俱備，準備去北京玩了，

而且，爸爸還教阿甯咕：「我們出去玩時，你多拍幾張全家福，你的比賽作業就完成了呀。」

「爸爸英明。」

阿甯咕和爸爸擊了掌，背起包包，上車到機場，搭機到北京。

沒想到的是——爸爸是來北京開會的，每天阿甯咕張開眼睛，爸爸就出門了；每天阿甯咕睡著了，爸爸都還沒回旅館，全家福一直沒拍成。

既然爸爸沒空，媽媽決定自己帶兩個兒子，跳上計程車：「我們去長城。」

「什麼是長城？」阿甯咕問。

「古代建來防禦匈奴的城嘛。」阿白說。

「什麼是匈奴？」

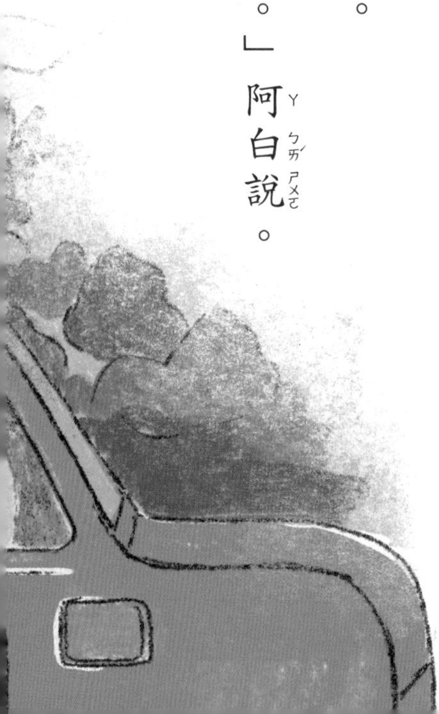

「北方的遊牧民族。」

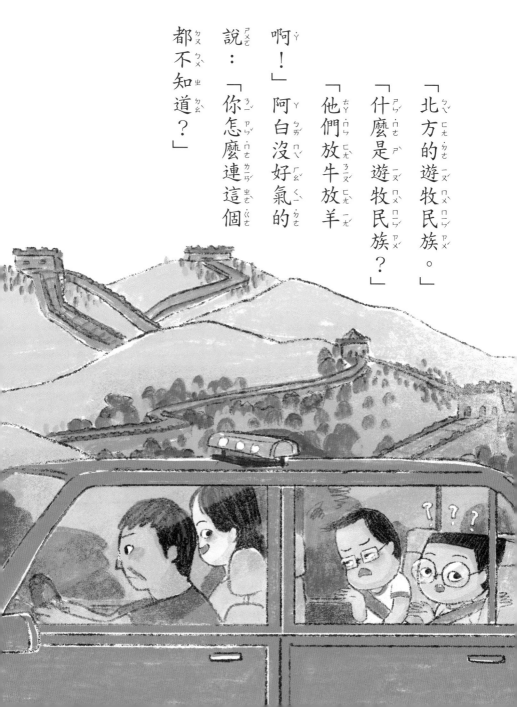

「什麼是遊牧民族？」

「他們放牛放羊啊！」阿白沒好氣的說：「你怎麼連這個都不知道？」

「我知道啊。」

「知道你還問？」

「我想知道你知不知道嘛！」阿甯咕笑嘻嘻的。

「唉呀，不妙！」前頭的計程車司機大叫一聲：

「你們想去長城？」

「對，我們想去看抵禦放牛放羊的匈奴來打的長城。」這麼一長串的話，阿甯咕說得臉不紅氣不喘。

司機擺手說：「可惜，今天長城維修，沒開放。」

「萬里長城萬里長，總不會全都在維修吧？」媽媽說的有道理，阿甯咕和阿白點點頭。

「萬里長城萬里長，萬里維修不容易！」司機用同情的眼神看著他們：「你們大老遠來，看不到萬里長城，何不去看看長城上的神獸貔貅！」

「什麼是貔貅？」阿甯咕問。

「長城上的神獸，我剛才不是說了嗎？」司機先生說。

「什麼是神獸？」

「神奇的野獸。」

「這些野獸為什麼會在長城上？」

「啊，到了！」司機先生擦擦汗。

阿白沒好氣的說：「你怎麼連神獸都不知道，問人家這個很丟臉耶？」

「我知道啊。」

「知道你還問？」

「我想知道司機先生知不知道啊！」

阿甯咕笑嘻嘻的跳下計程車，迎接他們的，是更多笑嘻嘻的阿姨。

「來來來，貔貅城裡看貔貅，幸福快樂無憂愁！」

阿姨們口號一致，動作一致，說完了，領著他們走進一個小小的房間，裡頭有張長桌，一個阿姨請他們坐下，給阿甯咕和阿白兩顆糖，一杯茶，開始介紹長城上的神獸貔貅。

阿姨說貔貅是皇帝才能用的神獸，故宮裡也有大大小小的貔貅，今天他們運氣好，長城維修才能來看神獸，這種神獸……

媽媽聽得好認真，阿甯咕搖搖頭，他剛開始還以為司機先生要帶他來看什麼皮卡丘，沒想到是一隻呆呆不會動的貔貅，他走到門口，門口有個阿姨打個哈欠，懶懶的比比右邊：「廁所在那裡。」

這是一條長長的走道，兩邊都是小房間，阿甯咕像在探險，他竟然走到了大廳，大廳裡有隻特別大的貔貅。

阿甯咕突然有個想法，他想把背包裡的黃色小鴨鴨放在貔貅的頭上。

「如果拍下來，一定很特別。」

於是，他就從貔貅的後腿爬上去，一下子就爬到貔貅的背，他正想把小鴨鴨擺上去，終於，有人看見他了……

「別——別動啊！」

一個大姨叫著，「誰啊，誰快來啊！」

阿甯咕被抱下來時，他是在笑的。

媽媽放下買一半的貔貅，匆匆趕來，很害羞的跟四周的人道歉，阿白照舊躲在人群裡搖頭。

「那家店說要打對折！」坐上計程車，媽媽挺惋惜的說：「阿甯咕，你就不能慢個幾分鐘再爬上去？」

「很丟臉耶，出去別說你是我弟弟。」阿白也說。

阿甯咕可沒理他們，他還在笑，因為他拍了一張很棒的照片，貔貅溜滑梯的頭上，一隻黃色小鴨鴨端端正正趴在上頭呢。

他們回到飯店，爸爸也回來了，他大驚小怪的說：「你們知道嗎，和我一起來開會的小蔡叔叔一家人被騙了。」

「怎麼騙的？」大家問。

「他們本來想去長城玩，司機騙他們說萬里長城在維修，把他們載去買了一隻什麼皮卡丘，花了好幾萬元，真是呆，萬里長城萬里長，這段維修可以去看另一段嘛。」

「爸爸，不是皮卡丘，是貔貅。」阿白說。

「你們怎麼知道？」爸爸緊張了，「難道你們也被騙了？」

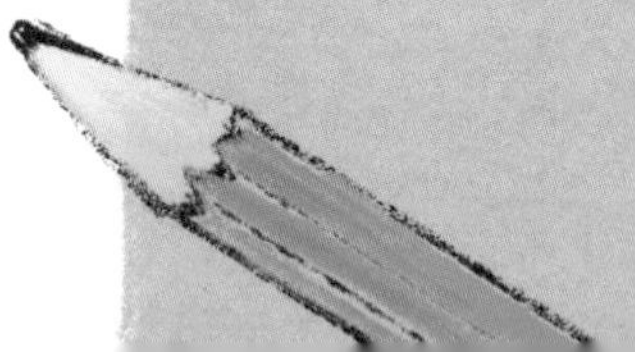

全國小學生
我愛我家攝影大賽

我們家的北京行

我們一家人去北京快樂的旅行。

土匪窩裡的老大

「哥哥，笑一個。」

「哥哥，你別跑嘛。」

阿甯咕拿著相機追阿白，小狗端端跟在後頭不斷汪汪叫。

端端把它當成遊戲，阿甯咕不是，這是他要拍的主題！

「不要，不要，我不要拍啦！」阿白堅持。

「拍一張，拍一張啦。」阿甯咕也堅持。

阿白生氣了，他四年級，個子高，力氣大，一個拳頭飛過去。

「好好好，就是這個姿勢。」

喀嚓一聲，阿白的拳頭入鏡了。

砰的一聲，阿甯咕的額頭挨了一下。

「哇——」

阿甯咕哭了，在書房裡寫小說的爸爸走過來，左手拎一個，右手抓一個：「你們到底要不要出門啊？」

「要！」哭的孩子擦掉眼淚笑了，打人的孩子放下拳頭不生氣了。

「真受不了你們。」爸爸搖搖頭。

「爸爸，先去便利商店，我的橡皮擦沒了。」

阿甯咕愛逛便利商店，裡頭除了有冷氣吹，有黑覺醒買，還有一堆奇奇怪怪的新玩具等他去探險。

今天的櫃臺就有一隻，灰色的身體，長長的臉，阿甯咕問：「這是驢子嗎？」

結帳的店員哥哥點點頭。

「是史瑞克的好朋友？」

店員哥哥沒理他，因為有個客人點了咖啡，店員哥哥轉身泡咖啡，阿甯咕沒放過這機

會，他看到驢子腳下有個按鈕，想也沒想，用力一按。

「咿呦！咿呦！咿呦！」

驢子發出幾聲洪亮的叫聲，店裡的顧客不知道發生什麼事，大家都愣了一下。

呵呵呵，阿甯咕笑得好開心。

店員哥哥看了他一眼：

「這不可以玩！」

爸爸頻頻跟大家道歉，一手拉著阿甯咕急著想把他帶走。

「哥哥還沒玩啊。」

阿甯咕掙脫爸爸的大手，但是，他在店裡找不到阿白。

走出便利商店，阿甯咕終於發現哥哥。

「哥哥，你幹嘛跑到外頭來啦。」阿甯咕抱怨。

「你很幼稚又很沒禮貌，按那個驢子超丟臉的耶。」

阿白也很生氣。

阿甯咕氣憤的跟爸爸告狀：「爸爸，哥哥每次都這樣，把他唯一的親弟弟丟著不理，然後自己溜掉；要是有一天，我們都被土匪捉走了，他有機會可以跑，一定不會回來救我啦。」

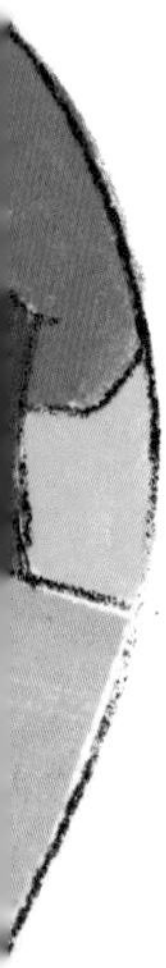

爸爸眼睛睜大了：「你這腦袋瓜子怎麼繞的啊？」

「真的嘛！」阿甯咕的眼角掛著一滴淚水：「哥哥每次都這樣啊！」

「誰叫你老是做那麼丟臉的事？」阿白說。

「你哥哥有人際關係疏離症，也就是他不喜歡跟人一起湊熱鬧。」

爸爸揉揉阿甯咕的頭：

「你放心啦，以爸爸對咱們駱家二少爺的觀察，你這種個性，真的被土匪抓走了，你一定很快就能跟土匪混熟了，說不定土匪窩裡的大當家去世後……」

說到這兒，爸爸的聲音拉得長長的。

「怎麼樣？」阿甯咕催促著問：

「爸爸，你別吊小孩子胃口好不好？」

「眾家土匪推舉你當新老大，那可威風了。」

想到自己變成土匪老大，阿甯咕氣消了，又跑去櫃臺再按一次驢子，這才心滿意足走出

便利商店：「咦，爸爸，前方有個蔥抓餅小攤車，土匪老大肚子餓了，可以來一份土匪特點蔥抓餅嗎？」

「奇怪啦，才剛剛吃飽飯……」

「我是土匪老大耶！」阿甯咕想到：「我還有三隻金兔，送你們一人一個蔥抓餅吧！」

爸爸一點頭，阿甯咕快馬加鞭跑第一：「老闆，我要三個蔥抓餅。」

「好好好。」攤車老闆堆著一臉笑。

「老闆爺爺，我可以自己加醬料嗎？」

老闆點點頭，他的生意太好，醬汁都放在一旁任顧客自己加。

阿甯咕先用醬油膏在蔥抓餅上塗兩道濃眉，再用番茄醬畫一道紅唇，越畫越過癮，還拿甜不辣醬做腮紅，中間點個巧克力的黑痣，旁邊加上幾抹山葵醬的刺青。

阿甯咕把蔥抓餅往臉上一貼，像個面具：「哥哥，換你了。」

「我不要。」阿白嚇得溜到馬路另一邊。

「換你來做面具了啦。」阿甯咕越叫，阿白跑越遠。

阿甯咕生氣了：「你又要把我丟在土匪窩了嗎？」

「沒……沒……」爸爸急忙把他的「面具」剝掉，慌慌張張的向四周的人群解釋：「他瞎說的，我們不是土匪，真的不是土匪。」

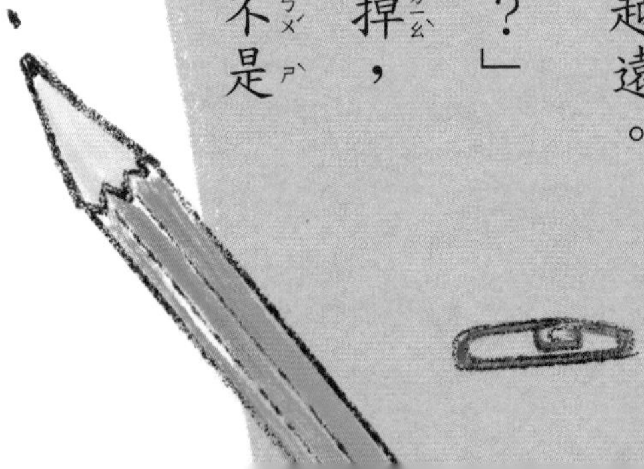

全國小學生
我愛我家攝影大賽

我的哥哥阿台

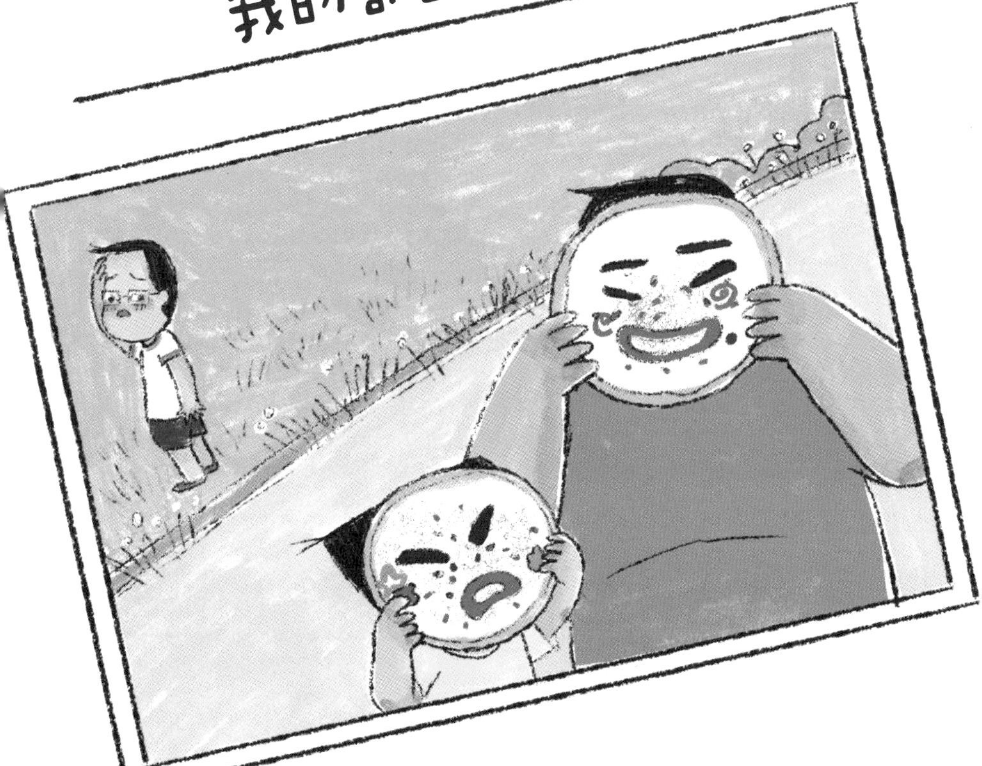

這是我哥哥。

註：是沒有戴面具的那一個

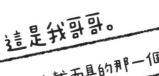

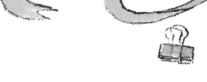

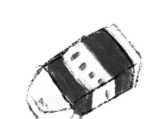

精神總錦標

書房裡，阿甯咕在寫字。桌上擺了幾隻黃色小鴨鴨，桌下有端端靠著他。

阿甯咕戴著耳機，偶爾抬頭，對著黃色小鴨鴨笑一笑，偶爾伸腿，讓端端舔舔他的腳丫。

舔舔寫寫，那個「運」字就越來越小了。寫寫舔舔，「動」字就越來越大了。寫到一半，他仔細看看這兩行字，嗯——滿意極了。

「你在幹什麼呀？」爸爸踱過來，吼了一聲，端端以為發生了什麼事，警戒的看看他們，發現沒事，繼續舔小主人的腳丫。

阿甯咕滿臉笑，沒回答爸爸的話。

爸爸這才看到，這小子戴著耳機聽音樂，他扯下一邊耳機：「你不好好寫字，在做什麼呀？」

「我在寫字啊！」

「這些字一下子大一下子小，你在讓它們練體操、比賽跑？」

「爸爸，你看這個『動』長這麼大，像不像小小小小『運』的阿祖。」

「小小小小『運』的阿祖？」爸爸仔細看了看，抱著胸，搖搖頭：「你把字寫得這麼長幼無序，不是阿祖，是明天你們老師會把你揍一頓，而且……」

爸爸說到這兒，停了一下：「你寫字還在聽音樂？」

「不是音樂，是相聲。」

「字不好好寫，聽什麼相聲？」

「你不好好寫小說，幹嘛來吵小孩？」阿甯咕不甘示弱。

爸爸臉紅了，戴上一邊的耳機：「啊，這一段我聽過。」

「對啊，《東廠僅一位》的故事啊，爸爸還記得嗎？」

爸爸一時興起坐在他旁邊，父子倆一起聽相聲，聽到開心的地方，父子倆就一起開懷大笑。

「好了，別再讓字開運動會了。」爸爸把一隻黃色小鴨拋給端端，端端興奮的咬起來。

「幸好有運動會，老師才沒出太多功課。」阿甯咕說。

「運動會，我記得你好像拿過神經病總錦標。」

「爸爸，是精神總錦標，不是我拿的，是我們班。」

「對對對，那是前年？」

「是去年啦！去年校長講話講太久，害我昏倒了，他大概覺得不好意思，就把那個大獎盃送給我們班。」

「那今年……」

「今年我們又得精神總錦標了。」

爸爸急忙把耳機拔下來：「這可不行，阿甯咕，駱家男人沒有體力這麼差的。」

「爸爸，今年我沒有昏倒啊。」

為了洗刷去年在運動會昏倒的恥辱，阿甯咕今年只要一有機會，就站在

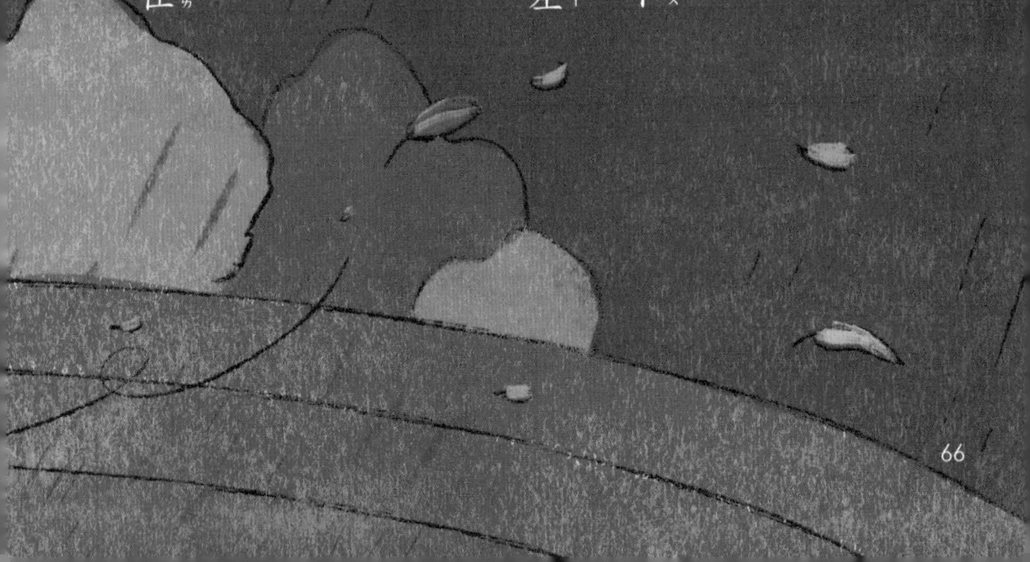

司令臺前，假裝校長在講話，而他就在下頭站著。

晴天去，抬頭看太陽閃耀。

陰天去，閉目感受微風吹拂。

雨天阿甯咕也去，享受大雨淋在身上的美妙。

甚至，阿甯咕還苦練各式各樣的跳繩絕招，單腳跳、雙腳跳到連環一直跳跳跳，最困難的是單腳跳，最厲害的是雙腳跳。

「你說你沒昏倒，但是你們班卻又拿到精神總錦標？」爸爸很懷疑，「然後一切都跟你沒關係？」

「當然沒有關係。」阿甯咕把跳繩拿出來，像在拿出什麼證據般：「爸爸，我總共只參加兩項活動，一個是開幕式，我沒昏倒，站得很挺；一個是跳繩，我們二年級全部的人一起跳，我從頭到尾都跳完了。」

沒錯，阿甯咕記得很清楚，跳繩的音樂響起來時，全二年級的小朋友都甩動跳繩開始跳，可是他的繩子打結了，糟糕啊，繩子解不開怎麼跳呢？但是，他越是急著想把繩子弄開，繩子就套得越緊，

讓他手忙腳亂，終於在表演單腳跳時把繩子解開了，別人早就跳到第二個動作了。

那時他就猶豫了：他是要表演之前沒跳到的雙腳跳，還是跟著大家跳單腳跳。

老師跟大家強調過，參加運動會要有運動家的精神，一定要堅持到底啊。

所以，他選擇從頭開始跳；所以，當別人在跳單腳跳時，他跳最早那個雙腳跳；接著，當別人在跳「連環一直跳跳跳」時，他跳單腳跳。

等到他終於進入「連環一直跳跳跳」時，大家都跳完了，停下來了，偌大的操場，就只剩下他還在那裡一直跳一直跳。

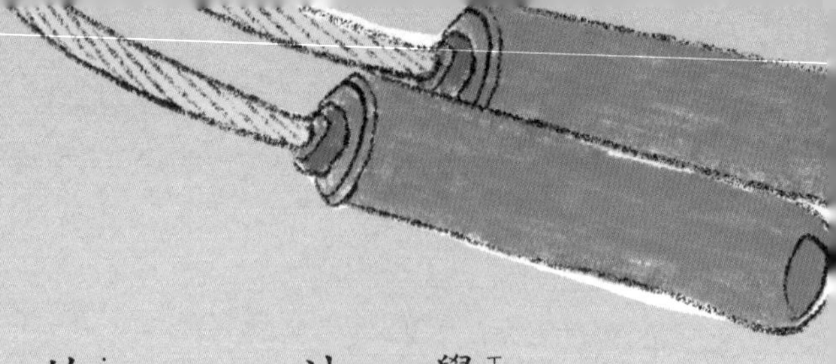

「一共要跳三百下耶，爸爸，我在跳的時候，學校所有的老師都在旁邊一直跟我揮手，替我喊加油呢。」

「難怪你們班會得精神總錦標，」爸爸揉揉他的頭：「不過，我猜老師們是要你停下來，別再跳了。」

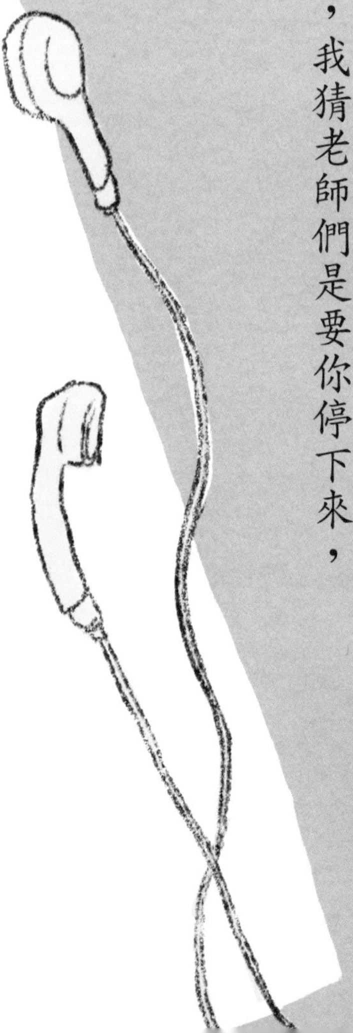

我愛我家攝影大賽
爸爸是我的好朋友
這是我爸爸。

古往今來最聰明的端端聰

警察追小偷，小狗追爸爸，爸爸邊跑邊喊：

「端端呆，別過來。」

端端後頭是阿甯咕：「爸爸，端端很聰明，一點兒都不呆。」

「哪隻笨狗會把自己的便便當冰淇淋吃？」

「好啦，我會教牠舔完便便要刷牙！」

「吃了便便冰淇淋，還想舔人家？」爸爸哀嚎著，

「阿甯咕，叫端端呆走開啦。」

「他喜歡你嘛。」

阿寧咕還沒說完，端端猛然一個飛撲，爸爸閃躲不及，仰天跌倒，端端開心的在他臉上舔了一下，趾高氣昂的下來。

「太噁心了。」爸爸衝去洗完臉，出來竟然看見阿甯咕正親著端端。

爸爸大喝一聲：「如果端端呆智力二十，你這主人……」

「爸爸，端端像不像一休和尚那麼可愛？」

端端搖搖尾巴，似乎要證明自己真的冰雪聰明。

於是，阿甯咕為端端寫了詩，編成歌：

端端聽，端端聽，
沒人比牠更聰明；
端端聽，端端聽，
足智多謀像孔明。

「像孔明？」爸爸哼了一聲：「這隻呆狗像孔明？」

「沒錯，牠就像孔明。」為了證明自己說的沒有錯，阿甯咕先去找阿白。

「哥哥，端端聰是不是很聰明？」

「誰是端端聰？」

阿甯咕把端端抱在懷裡：「牠呀！」

「這隻笨狗？」

「什麼笨狗？端端聰，端端聰，沒人比牠更聰明，端端聰，端端聰，足智多謀像孔明……」阿甯咕在阿白的耳邊吼了一遍又一遍。

「好好好，你的笨狗很聰明，整天舔自己的便便冰淇淋。」

有了阿白的見證，阿甯咕去找媽媽，他和端端在媽媽面前晃來晃去。

「媽媽，端端是不是很有智慧，剛才哥哥承認了……」

「好好好，你的狗很有智慧。」

「牠是不是冰雪聰明。」

「對對對，冰雪聰明，你不要擋住螢幕，今天是連續劇大結局啊……」

阿甯咕滿意了，得意洋洋回去找爸爸：「我們家五個人，有四個人說端端聽很厲害。」

「我們家哪來五個人？」

「有啊，爸爸、媽媽、哥哥還有我和端端聽。」

「端端呆是狗不是人。」

「但是牠也有一票啊，牠是最有智慧的小狗。」

「我絕對不相信。」爸爸打定主意，不管阿甯咕用什麼方法：「笨狗再怎麼補腦，還是笨狗。」

「那可不一定，」阿甯咕邊唱邊跳：「端端聰，端端聰，沒人比牠更聰明，端端聰，端端聰，足智多謀像孔明。」

打開電腦，有個網頁，教他替端端測智力。例如，以前他是傍晚帶端端去散步，但網頁寫著，找個不同的時段，拿著鏈子，如果小狗有反應……

阿寗咕拿了鏈子，可惜，端端沒有任何反應。

「我知道，你已經用你的眼神告訴我，你知道我們要出去了。」

看著端端天真無邪的眼神，阿寗咕決定給牠滿分。

下一題是要把食物藏在碗的下面，如果小狗能找到……

哈，端端很快就把碗給頂開，津津有味的吃著裡頭的肉丸子。

「沒錯吧！果然睿智無敵！」

雖然接下來的找東西測驗端端沒有通過：

「但是，你大部分都表現的很好。」

得分在零到五分，證明牠是隻好狗狗，但可能不是塊讀書的料，一般的狗都在五到二十分，越接近二十分代表牠越聰明。

「但是，」阿甯咕決定：「你有二十四分，只差一分就滿分了。」

他連跑帶跳的衝去找爸爸：「爸爸，端端聰

得到小狗智力測驗二十四分耶，網站裡說，我應該要存錢讓牠讀博士哦。」

「讀博士？」爸爸搖搖頭：「阿甯咕，你的小狗很呆，但是我發現，我兒子更呆啊。」

那天晚上，爸爸窩在書房寫小說時，手機裡的歌曲竟然只剩下一首……

端端聽，端端聽，
沒人比牠更聽明；
端端聽，端端聽，
足智多謀像孔明。

爸爸把手機關掉，歌聲還在，他把桌子底下的阿甯咕趕到門外，砰的一聲，把門關上，阿甯咕拍著門，大

聲喊著，偶爾還夾著端端興奮的叫聲。

「傻蛋二人組。」爸爸用衛生紙把耳朵塞住，他終於能安靜寫稿子了。

不過，他打開電腦就澈底崩潰了。

電腦桌面出現的是端端的照片。

他寫了快兩個月的長篇小說，每一頁的頁首頁尾都出現這麼一句：端端聽是古往金來最聰明睿智的小狗。

「阿甯咕，你就算想替小狗說好話，也不要錯字連篇啊。是古往今來。」

全國小學生
我愛我家攝影大賽

我的第五個家人

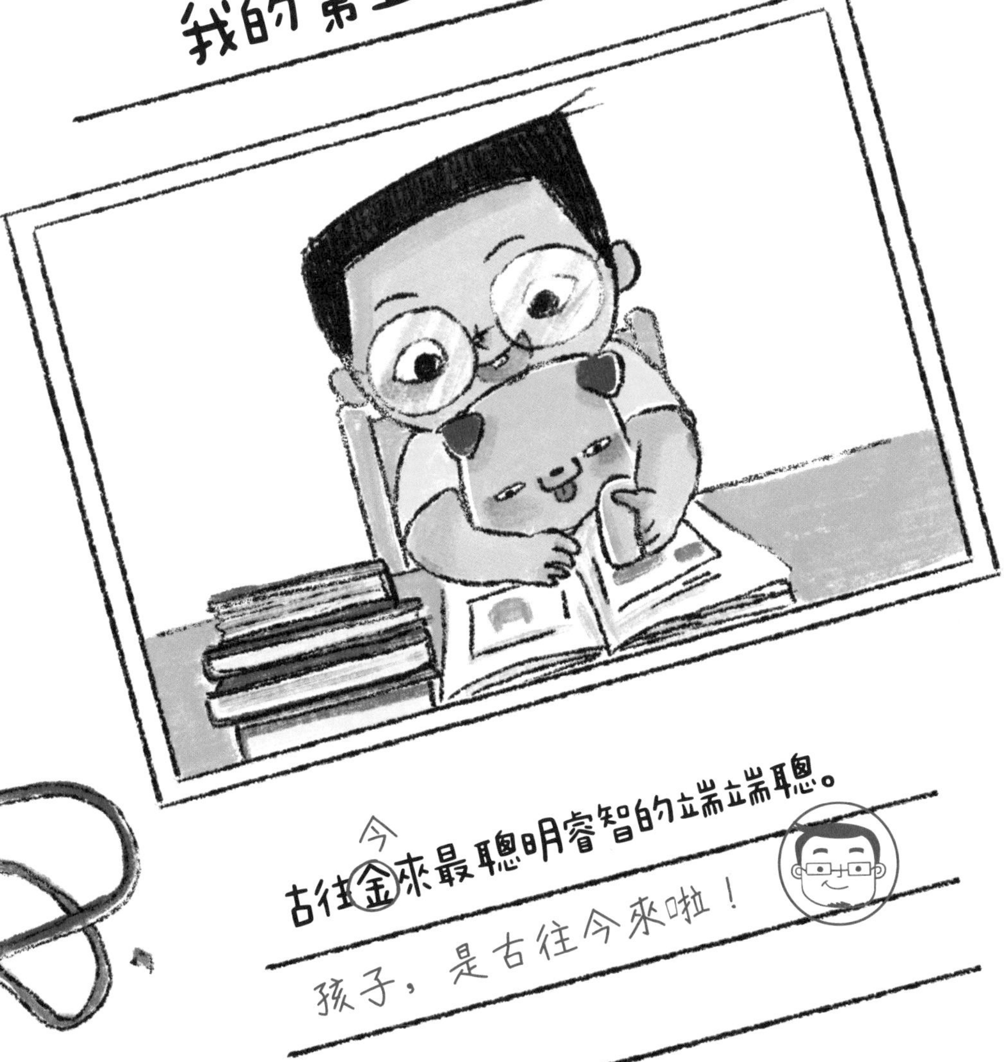

今
古往金來最聰明睿智的端端聰。

孩子，是古往今來啦！

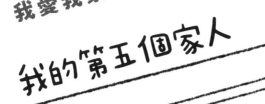

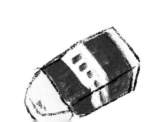

五斤

阿甯咕覺得哥哥比較少：

「你拿我的吧！」

阿白覺得弟弟拿更少：

「這不好，你拿我的吧！」

「你看起來比我少。」

「你的明明比較輕。」

「哥哥，我在孔融讓梨啊。」

「弟弟，你休要如此客氣。」

兩兄弟你讓我，我讓你，「讓」得不可開交，爸爸一手一個把他們拎起來：「你們倒個垃圾，何必在這裡演什麼兄友弟恭，你讓我讓的歌仔戲？」

阿甯咕拳打腳踢：「哥哥那袋垃圾比我輕。」

阿白腳打拳踢：「我的明明就已經很重了。」

「你那袋垃圾，至少比我輕了一斤。」

「人家的垃圾，明明比你重了一斤。」

爸爸搓搓下巴：「既然這樣，你們倆把垃圾袋交換提吧！」

「換就換。」

「誰怕誰！」

阿甯咕提了提哥哥的垃圾袋後，他後悔了：「人家要拿本來的垃圾。」

「剛才你不是嫌我的輕。」阿白不肯。

「換回來。」

「換回去你又要耍無賴。」

爸爸一聲大喝：「駱家好男兒，豈可婆婆媽媽，斤斤計較？」

「他的比較……」阿甯咕還想說，看到爸爸臉色鐵青，拳頭都握緊了，這時候不能再跟爸爸拗，他連忙轉個話題：「爸爸啊，駱家的男兒哪裡好呀？」

「這是個好問題。」爸爸讓他們放下垃圾袋，聽聽街頭動態，垃圾車的音樂還沒響：「就以你們的爺爺來說吧，他年輕的時候，我們家會過著窮苦的日子，每到月底就沒錢，全因為你們爺爺我的爸爸啊。」

「為什麼？」阿白問。

「你們爺爺年輕時，結拜兄弟多。這些兄弟想追女朋友、結婚、失業了，被倒債了，只要沒錢了就會來找你們爺爺。你們爺爺急公好義，為人豪爽，總是二話不

說就借錢給人家，簡直就像耶誕老公公，後來他教書，學生缺錢用，他也是要錢給錢，眉頭不皺一下的大方男子漢。」

「奶奶不會罵他嗎？」阿白問。

「奶奶欣賞爺爺這種開朗的個性，所以他們相知相惜，從不吵架，爺爺、奶奶雖然到老兩袖清風，卻是大方慷慨的人，就算自己家窮到米缸都沒米了，也從不向人伸手要債。」爸爸瞪了他們一眼：「咱們駱家男兒，就要像這樣子，懂不懂？」

「懂是懂啦，」阿甯咕想起來，今天是星期一：

「爸爸，今天明明是你要負責倒垃圾的啊，我猜，你今天這麼晚回來，是不是故意的？」

「對喔，爸爸故意不回來倒垃圾。」阿白也說。

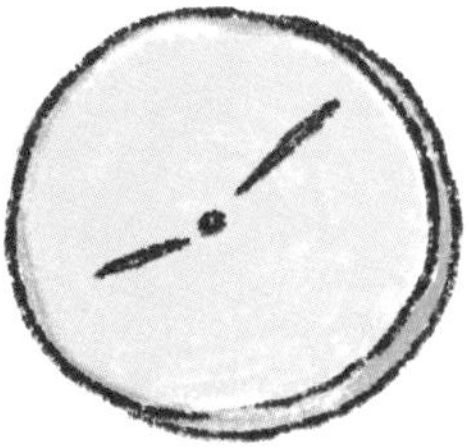

「我堂堂男子漢，怎麼可能為了一包垃圾故意晚回家？」

阿甯咕雙手抱胸：「總而言之，因為你晚回來了，媽媽才要我和哥哥幫忙，現在既然你回來了……」

「啊？」爸爸停了一下，看看兩個兒子：「真的輪到我倒垃圾？」

阿甯咕和阿白用力點了點頭。

「啊……爸爸想起來，我的爺爺也就

是你們的曾爺爺，更是一等一的好漢子。」

「倒垃圾！」兩個兒子喊。

爸爸的眼光卻往遠方飄了過去：「當年你們曾爺爺住在江心洲，他只是一介屠夫。」

阿甯咕忍不住，好奇的問：「什麼是屠夫？」

阿白解釋：「就是殺豬的。」

「阿甯咕，你幹嘛一直盯著我看？」爸爸問。

「我在想像經過三十年後，你臉上留了一大堆鬍子，拿著一把刀的情形。」

「你把我當成殺豬的？」

「反正我們的曾爺爺也是屠夫啊。」

「你們別瞧不起殺豬這行業，當年在江心洲，人人都知道駱大爺是個仗義的好漢，逢年過節，常有過不了年的村人到攤子前，哭喊著駱大爺啊！大過年的想給孩子們吃點肉，包點餃子，可以賒三斤豬肉嗎？」

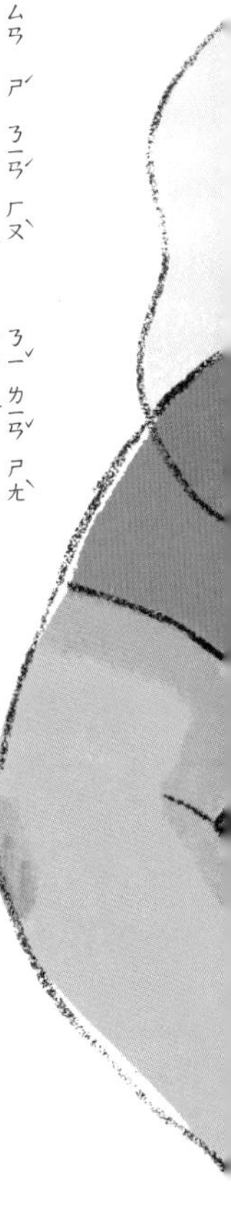

兩兄弟問：「曾爺爺怎麼說？」

「三斤哪夠啊？」爸爸像在唱戲般，伸手在空中一揮：「來，五斤，給！」

「哇！曾爺爺好棒。」兩個兒子同時鼓掌，同時指著垃圾：「爸爸，兩袋垃圾哪夠啊，廚房還有一袋。三袋，給。」

全國小學生
我愛我家攝影大賽
垃圾讓我們在一起
爸爸、哥哥、我。

火箭炮

目標是文具
店買橡皮擦。
經過的是撥
彈珠的攤子。

阿甯咕停了一下，看看，摸摸口袋。

買完橡皮擦，還會剩下五十塊，於是他大叫：

「老闆，我要玩！」

撥彈珠一次十塊錢，五顆彈珠如果都能滾進同一排，就能換到最大獎。

第一次，阿甯咕差一點點，得到一瓶飲料。

第二次，阿甯咕只有拿到參加獎，是一顆糖。

糖果放進口袋，認真再玩一次。

這一次，剛把最後一顆彈珠撥上去，領子被人一拉，是爸爸。

「你這小子，說要去買橡皮擦，怎麼跑來撥彈珠？」

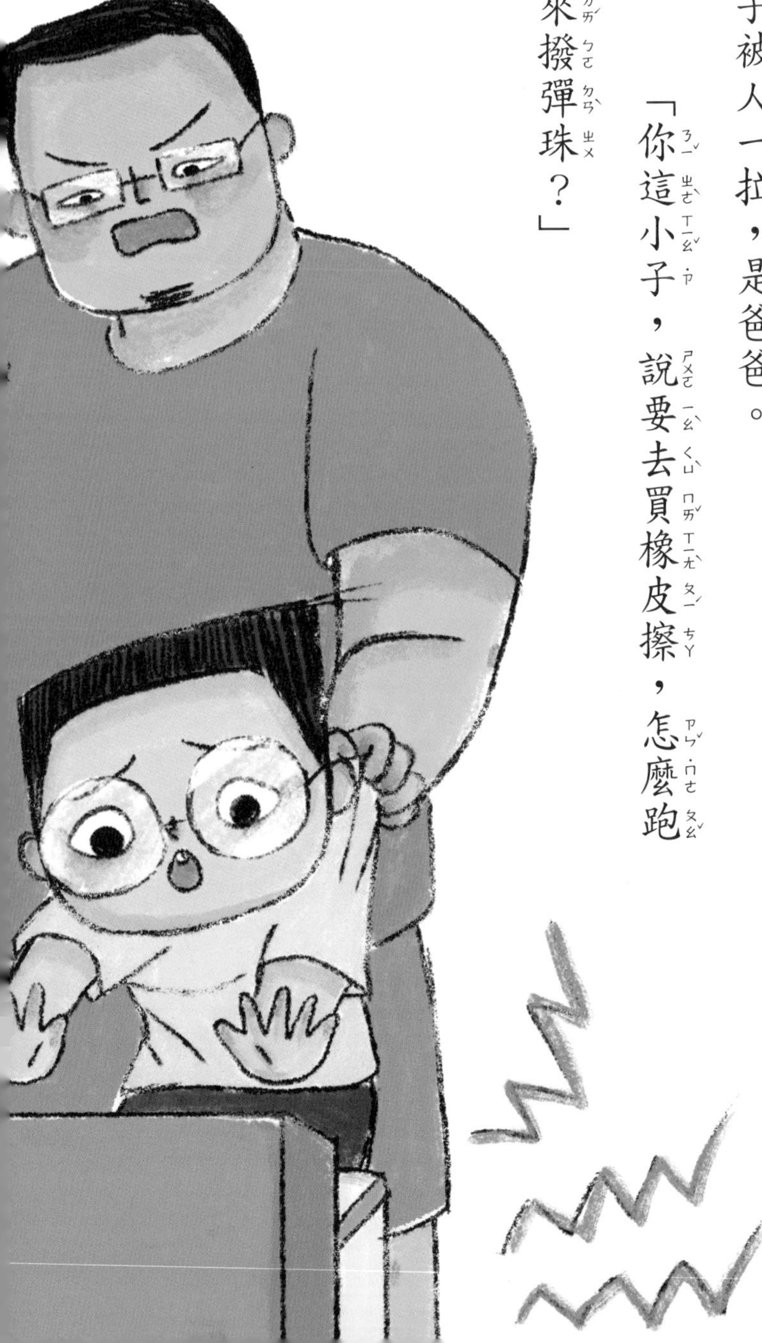

爸爸平時很少念人，但今天在餐廳等太久，菜涼了，兒子卻沒回來，所以就多念了一下下。阿甯咕可沒空聽爸爸唸經，他回頭看著自己剛撥出去的彈珠……

「五顆！」他狂叫著。

「什麼五顆？」爸爸說：「別想轉移話題。」

「五顆一排最大獎。」

阿甯咕興奮的跳起來，這下子連爸爸也很高興。兩父子開開心心領到最大獎，是一枚泡棉火箭炮，父子倆還沒離開彈珠攤就開始玩起來。

「炮彈來襲，炮彈來襲。」爸爸拿著火箭大叫。

阿甯咕東躲西躲，爸爸用力一壓，

火箭炮朝著阿甯咕射過去。

「轟隆！」爸爸喊：「阿甯咕，沒人能用手接火箭炮。」

「我是奇蹟隊長我可以，換我炸你了。」

阿甯咕接過火箭炮：「爸爸，看我的厲害。」

可惜，火箭炮飛到一半，半路被人接走，是阿白：「媽媽說，你們再不回餐廳，她就要走了。」

「小心，下回我炸你。」爸爸說。

「哼！下回我炸你。」阿甯咕說。

「你們別幼稚了好不好？」阿白搖搖頭，搶著先跑回去，他不想留下來丟臉。

「爸爸你別賴皮，火箭炮還我。」阿甯咕喊著，爸爸卻在餐廳門口停下來。

「爸爸……」阿甯咕還想說，爸爸卻拚命用手勢要他安靜，一邊像個小學生似的跟一

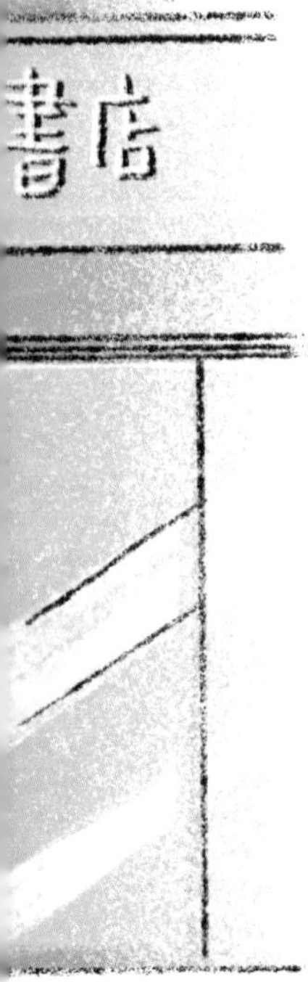

個阿姨點頭彎腰說好，然後，正經的要求阿甯咕：

「快叫珍妮阿姨好。」

「珍妮阿姨好。」

阿甯咕搶過火箭炮，作勢要射出去了。

「你的孩子啊？」珍妮阿姨臉上的妝很濃：「讀幾年級了？」

「小二。」爸爸臉竟然紅紅的：「啊！不知道能不能請您簽個名？」

「好啊！」珍妮小姐拿出筆來了。

爸爸每個口袋都掏遍了，掏不出一張紙來。

「簽這裡吧。」他把阿甯咕剛換來的火箭炮遞過去。

「這……」珍妮阿姨的手停了一下下。

爸爸一手擋住在後頭拚命扯他的阿甯咕，一邊說：

「沒問題，沒問題的。」

還沒回到座位，阿甯咕就哭了，那是五顆彈珠排一排，好不容易才換回來的最大獎，現在卻被一個阿姨亂塗亂畫。

媽咪勸沒有用，阿白低著頭，假裝不認識這弟弟，爸爸只好不斷開導他：

「你知道珍妮阿姨多紅啊，海內外的華人都唱她的歌。」

哇——哇——

「爸爸和媽媽年輕時都在唱她的歌，她的歌……」

哇——哇——

「你將來有一天沒錢了，拿這枚簽過名的火箭炮去網拍，可以賣很多很多錢！」

哭聲戛然而止，阿甯咕擦掉鼻涕和眼淚：「值很多錢，是多少錢？」

「可以買很多很多泡棉火箭炮那麼多錢。」

回家的路上，路燈照得小巷一片祥和，一家四口就在街上哼哼唱唱。

「黃昏街頭黯淡燈火……」爸爸說：「這就是珍妮阿姨的歌。」

媽媽跟著哼了起來：「今天感覺好像回到少年時代了。」

阿白和阿甯咕卻猛搖頭：「沒聽過。」

「蛋卷冰淇淋改變心情……」

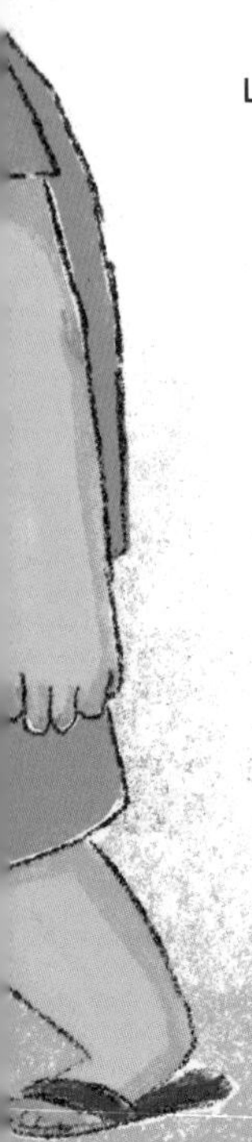

「沒聽過。」

「一場沒有預兆的雨。」爸爸急了。

兩兄弟一起搖頭。

「全都不知道？你們現在小學生的音樂課到底在唱什麼亂七八糟的歌啊？」

阿甯咕想到最近剛學的歌曲：「我們音樂老師教的是〈紅蜻蜓〉……」

「沒錯，這是她唱的。」

阿甯咕有點懷疑的問：「〈河馬不穿綠內褲〉？」

爸爸大叫：「這也是她唱的。」

「哇！珍妮阿姨好厲害啊。」阿甯咕不自覺抱緊那枚泡棉火箭炮，沒看到媽媽正用似笑非笑的眼神白了爸爸一眼。

回家之後，端端衝過來，繞著阿甯咕又跳又叫。

阿甯咕給他一根豬大骨牠不要，追著阿甯咕手裡的火箭炮：「不行咬，不行咬，端端最乖，這上面有珍妮阿姨的簽名，要是以後賣個好價錢，我會買一萬個泡棉火箭炮讓你咬到爆，或是買超多超多狗食，到那時啊……我們的好日子就到囉。」

全國小學生
我愛我家攝影大賽
我們家的好日子
爸爸的偶像——珍妮阿姨的簽名在這裡。

好東西

「送一本小說好了。」

「這樣的禮數好像還不夠。」

「送罐奶粉應該也可以。」

「老人家有習慣喝牛奶嗎？」

爸爸像個壞掉的機器人，不停的在客廳繞來繞去，

小狗端端跟著爸爸，撒歡了似的邊跑邊叫。

一個喃喃自語的小說家。

一隻興奮到停不下來的小狗。

在書房寫功課的阿寗咕煩了：「請問，你們到底在忙什麼啊？」

原來，樓下的退休老將軍爺爺送爸爸一本書，因為老將軍爺爺是老前輩，爸爸得送個回禮才有禮貌。

爸爸皺著眉頭：「但是，送禮這種事很麻煩。送太貴重的禮物，對方不會收；送太便宜的東西，我們的面子不好看；如果送到對方不會用的禮物彼此都尷尬，到底要送什麼啊？真是煩哪！」

端端叫了一聲表示贊同。
「爸爸，沒有問題，我來幫忙。」阿甯咕知道，廚房的櫃子裡有很多的「好東西」，那全是媽媽放的，別人送的禮盒完整沒拆封的全擺在裡頭。

他打開櫃子，裡頭果然有好多好東西。

「送這個吧。」阿甯咕拿出一罐高尚感十足的茶葉罐。

「送茶葉，太好了！老人家一定喜歡泡茶。」爸爸讚了一聲，接過罐子欣賞了一番，突然喊了聲：

「不行！」

「明明就是很讚的禮物啊。」阿甯咕不滿，連一旁的阿白也說：「真的很漂亮啊。」

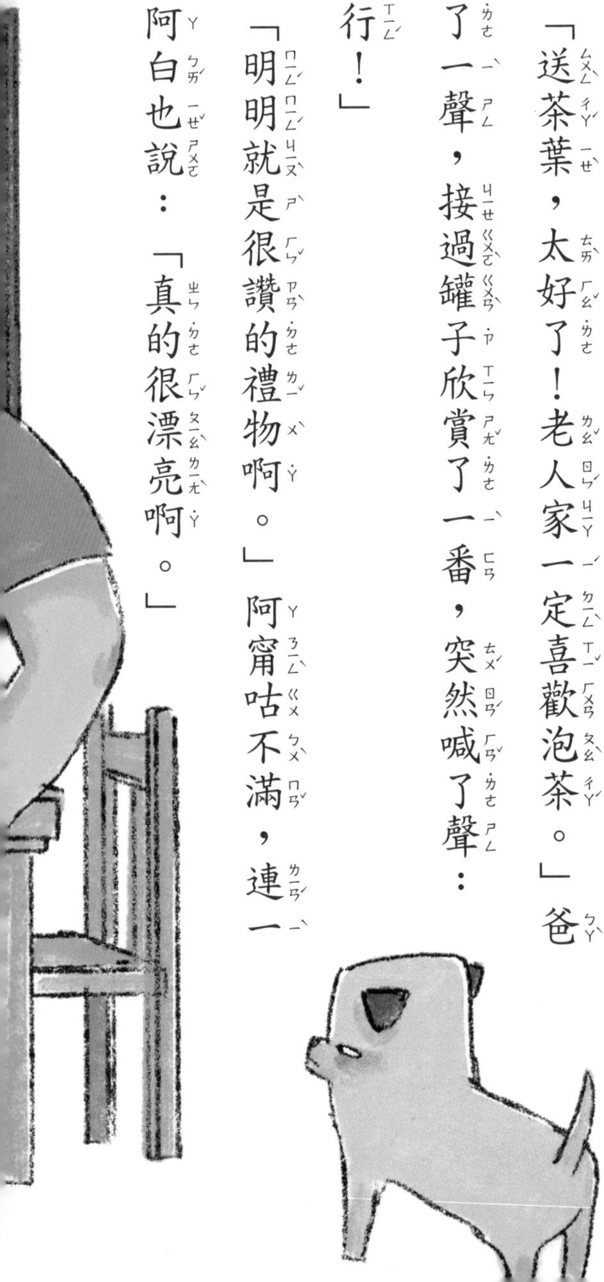

「漂亮是漂亮，」爸爸指著罐上日期：「這是十年前出廠的茶葉，保存期限只有兩年，老將軍一喝這種發霉茶，後果難料啊。」

「沒關係，媽媽藏了好多好多的好東西。」阿甯咕東翻西找，又被他翻出一大桶的牛軋糖。他自己看看：

「啊——這是五年前的。」

「那這一盒呢？」阿白找到一盒月餅。

「端午節都還沒到，沒人送月餅啊。」

爸爸說：「而且，這也過期了。」

雖然所有的東西都過期了：「但是媽媽真的好偉大，可以在櫃子裡放這麼多好東西！」

「可惜都是過期的好東西。」阿白又把一桶不知道多少年前的瓜子放回去。

找來找去，阿甯咕倒是找到一個紙箱，裡頭有奶嘴、奶瓶和湯匙、溫度計。

阿白看了一眼：「那是你小時候用的。」

「我？」

爸爸點點頭：「你那時候很貪吃，每兩小時就要喝一瓶牛奶，我和媽媽半夜都要起來泡奶粉，沒想到媽媽把它們全收在這裡。」

或許太好奇了，阿甯咕在爸爸和阿白的驚叫聲中，把一個奶嘴放進嘴裡。

阿白大叫：「好噁心哦。」

爸爸也說：「你至少先洗一下吧。」

「有小寶寶的味道，原來，這就是我小時候的味道。」阿甯咕說。

「什麼你小時候的味道？」爸爸拿了另一個奶嘴，在阿白的驚叫聲中，也放進嘴裡：「真的耶，

這個奶嘴裡真的有你小時候的味道。」

阿白擋住阿甯咕遞過去的奶嘴：

「我要跟媽媽說啦，你們兩個都好噁心哦。」

「什麼噁心，這是我嬰兒時的味道。」

阿甯咕找出興趣來了，從另一個紙箱翻出漫畫，裡頭的漫畫一本一本收得有條不紊，照著編號排得好好的。

「這是我的。」阿白的眼睛發亮了：「媽媽沒收的，原來全在這裡。」

媽媽回家的時候，屋子裡好安靜，偶爾爆出一陣笑聲，父子三人沐浴在金色的夕陽光裡，享受漫畫的樂趣。

「我的天哪！」媽媽幾乎快昏倒了：「我好不容易收好的櫃子。」

「全是過期禮品的櫃子。」父子三人異口同聲，指著一旁的回收袋：「我們都整理過了，該扔的扔，該留的留……」

「那……那個……」媽媽急急忙忙衝到櫃子邊，從最底下拿出一個紙盒，「還好，還在。」

大家全都湊過去，連端端也很好奇。

爸爸只看了一張，咧開嘴大笑：「哇，好東西，真正的好東西。」

阿甯咕想搶但搶不到，爸爸得意的說：「以後看誰不乖，不好好寫功課，我就把我們家兩位公子的裸照，放到網路上。」

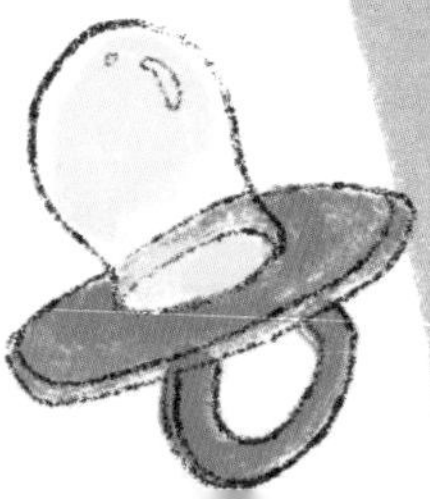

全國小學生

我愛我家攝影大賽

我們家的好東西

兒童不宜，我的小時候。

我～回來了～
對啊。
咦？怎麼啦？那個攝影比賽的作業……
孩子啊，勝負乃兵家常事。
……
沒得名啊？
哎！
我知道！你們說的我都知道！
早就跟你說了嘛，你又不是什麼攝影天才。

比賽比不完的嘛，
笑一個！
笑啊？
別嘆氣了，
這回不成，下回努力啊。
什麼！
我知道啊，
比賽比不完的嘛。
但是老師說我拿到第一名，
要上臺去說話啊，
真的好苦惱啊！
咔嚓
你們看，
那是什麼？
這就是我們一家，
永遠歡樂無比，
永遠賣力演出每一天。
隔天早上
我們一家

閱讀123